PERCURSO LIVRE MÉDIO
Ben Lerner

Tradução Maria Cecilia Brandi

Mean Free Path. Copyright © 2010 by Ben Lerner. Used with the permission of The Permissions Company, LLC on behalf of Copper Canyon Press www.coppercanyonpress.org. All rights reserved worldwide.

© 2020 Edições Jabuticaba

Revisão: Mariana Ruggieri e Marcelo Lotufo

Design miolo: Marcelo F. Lotufo

Design capa: Bruna Kim

Imagem da capa: pintura de Helena Freddi a partir de uma foto de longa exposição dos veículos de reentrada U.S. Peacekeeper III entrando na atmosfera, durante um teste próximo ao atol de Kwajalein na República das Ilhas Marshall. Foto tirada pelo exército americano.

Dados Internacionais de Catalogação na Publicação (CIP) de acordo com ISBD

L616p   Lerner, Ben

Percurso livre médio / Ben Lerner ; traduzido por Maria Cecilia Brand São Paulo: Edições Jabuticaba, 2020.
186 p. ; 14cm x 21cm.

Tradução de: Mean Free Path
Inclui índice.
ISBN: 978-65-00-03780-7

1. Literatura americana. 2. Poesia. I. Brandi, Maria Cecilia. II. Título.

CDD 811
CDU 821.111(73)-1

2020-1108

Elaborado por Vagner Rodolfo da Silva - CRB-8/9410

Índice para catálogo sistemático:
1. Literatura americana : Poesia 811
2. Literatura americana : Poesia 821.111(73)-1

Edições Jabuticaba
www.ediçõesjabuticaba.com.br
www.facebook.com.br/Edjabuticaba
Instagram: @livrosjabuticaba

Percurso livre médio

Dedicatória - 8
   Dedication - 9

Percurso livre médio - 14
   Mean Free Path - 15

Elegias Doppler - 52
   Doppler Elegies - 53

Percurso livre médio - 70
   Mean Free Path - 71

Elegias Doppler - 108
   Doppler Elegies - 109

Posfácio
   por Maria Cecilia Brandi - 127

PERCURSO LIVRE MÉDIO

Dedicatória

Porque as distâncias colapsaram.
        Porque a figura
não conseguiu humanizar
a escala. Porque a obra,
a obra só fez nos convidar
a relacioná-la com
        a parede.
Porque fui às compras no breu das
        gôndolas.

Porque a mesura
        à altura da guerra
era o silêncio, mas seguimos
celebrando a duplicidade.
Porque a cidade estava poluída
de luz, e o mundo,
        esquentando.
Porque eu era uma fraude
        numa plantação de papoulas.

Porque a chuva fazia pequenos
        ajustes afetivos
à arquitetura.
Porque a arquitetura era um longo
colóquio que não entendi, mnemônica
negativa refletindo
        o clima
e refletindo
        a reflexão.

For the distances collapsed.
        For the figure
failed to humanize
the scale. For the work,
the work did nothing but invite us
to relate it to
        the wall.
For I was a shopper in a dark
        aisle.

For the mode of address
        equal to the war
was silence, but we went on
celebrating doubleness.
For the city was polluted
with light, and the world,
        warming.
For I was a fraud
        in a field of poppies.

For the rain made little
        affective adjustments
to the architecture.
For the architecture was a long
lecture lost on me, negative
mnemonics reflecting
        weather
and reflecting
        reflecting.

Porque não sentia nada
>	bom
muito bom pra mim.
Porque meu sangue era soda.
Porque minha autoridade era pequena
porção de músculos involuntários
>	no rosto.
Porque eu tinha injetado ácido nas maçãs
>	do rosto.

Porque eu tinha medo
>	de virar
à esquerda nos cruzamentos.
Porque estava numa curva perigosa
Porque estava fazendo sinal,
apesar de mim,
>	da vontade de mudar.
Porque não podia lançar minha voz
>	no lixo.

Porque tinha dormido além da conta,
>	tinha vestido
camadas de roupa para o longo
sonho que viria, o sonho
recorrente de acordar com
desfechos alternativos
>	na companhia dela.
Por Ariana.

>	Para Ari.

For I felt nothing
        which was cool,
totally cool with me.
For my blood was cola.
For my authority was small
involuntary muscles
        in my face.
For I had had some work done
        on my face.

For I was afraid
        to turn
left at intersections.
For I was in a turning lane.
For I was signaling,
despite myself,
        the will to change.
For I could not throw my voice
        away.

For I had overslept,
        for I had dressed
in layers for the long
dream ahead, the recurring
dream of waking with
alternate endings
        she'd walk me through.
For Ariana.

        For Ari.

Percurso livre médio

Terminei a leitura e ergui os olhos
Diferente dos modos usuais. Rumo a um lugar tranquilo
Pra começar o esquecimento. Os pequenos atrasos
Entre sensações, a ausência audível da chuva
Tomam o lugar dos objetos. Tenho algumas perguntas
Mas podem esperar. Esperar é a resposta
Que eu procurava. Qualquer tema serve
Enquanto recua. Ouvindo o eco
Do próprio sangue na concha mas imaginando
O oceano é o que quis dizer com

∝

Você me assustou. Pensei que estava dormindo
No sentido tradicional. Gosto de olhar
Qualquer coisa pelo vidro, sobretudo
Vidro. *Você* chamou a *mim*. Como sonhos
Entreouvidos. Escrevo isto como uma mulher
À vontade com o fracasso. Prometo que eu nunca
Mas o predicado murchou. Se você
Não fica à vontade vendo isto como um retrato
Feche os olhos. Não, *você* me

I finished the reading and looked up
Changed in the familiar ways. Now for a quiet place
To begin the forgetting. The little delays
Between sensations, the audible absence of rain
Take the place of objects. I have some questions
But they can wait. Waiting is the answer
I was looking for. Any subject will do
So long as it recedes. Hearing the echo
Of your own blood in the shell but picturing
The ocean is what I meant by

∝

You startled me. I thought you were sleeping
In the traditional sense. I like looking
At anything under glass, especially
Glass. *You* called *me*. Like overheard
Dreams. I'm writing this one as a woman
Comfortable with failure. I promise I will never
But the predicate withered. If you are
Uncomfortable seeing this as portraiture
Close your eyes. No, *you* startled

Cidades idênticas. Que triste. Compre tudo
Os exemplares não assinados valem mais
Li seu ensaio sobre o novo
Fecho. Não consigo entender minhas partes favoritas
Efeito de superfície. Partimos pro Canadá
Sem o nosso conhecimento. Se o olhar é retribuído
Por que é pornografia? Definições cruzadas
Com estrelas, o velho fecho, isso me lembra
Acena pras câmeras aí de

∝

As pétalas são de vidro. Basta você saber disso
Versos foram cortados e substituídos
Por seus opostos. Será que falei em voz alta
Uma bela pergunta. Barbara morreu
Até os dezessete anos, eu pensava que moinhos de vento
Viravam-se dos fogos de artifício para assistir
Seus reflexos na torre
Faziam vento. Maçãs de metal escovado
Verdes ao toque

Identical cities. How sad. Buy up the run
The unsigned copies are more valuable
I have read your essay about the new
Closure. My favorite parts I cannot follow
Surface effects. We moved to Canada
Without our knowledge. If it reciprocates the gaze
How is it pornography? Definitions crossed
With stars, the old closure, which reminds me
Wave to the cameras from the

∝

The petals are glass. That's all you need to know
Lines have been cut and replaced
With their opposites. Did I say that out loud
A beautiful question. Barbara is dead
Until I was seventeen, I thought windmills
Turned from the fireworks to watch
Their reflection in the tower
Made wind. Brushed metal apples
Green to the touch

Tudo clama irrelevâncias incríveis
Estruturadas como linguagem, mas eu
Eu gosto de música antiga, do tipo audível
Ao som da qual nos amamos entre o solo e o assoalho
Sem o nosso conhecimento. Robert morreu
Leve minha voz. Não preciso dela. Leve minha cara
Tenho outras. O páthos assobia entre as gralhas
Um golpe fecha parênteses. Escrevo isto
De olhos fechados, ouvindo a ausência de

α

Efeito de superfície. Padrões de desaparição. Eu
Eu meio que surtei lá entre as árvores, gritando
Sobre a complexidade da intenção, mas
Mas nada. Vem pra cama. Referência é uma mulher
À vontade com o fracasso. A superfície morreu
Acena pras câmeras do alto das torres
Com estrutura para balançar. Prometi não fazer nenhuma
Me diga, de quem é esta mão. Uma bela
Pergunta sobre as fontes dela outra vez

All pleads for an astounding irrelevance
Structured like a language, but I
I like the old music, the audible kind
We made love to in the crawl space
Without our knowledge. Robert is dead
Take my voice. I don't need it. Take my face
I have others. Pathos whistles through the typos
Parentheses slam shut. I'm writing this one
With my eyes closed, listening to the absence of

∝

Surface effects. Patterns of disappearance. I
I kind of lost it back there in the trees, screaming
About the complexity of intention, but
But nothing. Come to bed. Reference is a woman
Comfortable with failure. The surface is dead
Wave to the cameras from the towers
Built to sway. I promised I would never
Tell me, whose hand is this. A beautiful
Question her sources again

Transtornado de certa maneira
Má estrela, uma chuva com botão de pausa
Para sabermos que sonhamos de pé
Como cavalos na cidade. Que triste. Talvez
Nada de talvez. Tome partido. Não a chame
Verde visão noturna. Pense nas crianças
Correndo com tesouras pelo longo
Onde estávamos? Se ao ver isto como retrato
Você não fica à vontade, acorde

∝

Acorde, é hora de começar
O esquecimento. Enunciados modais diretos
Murcham sob o vidro. Um livrinho para Ari
Com estrutura para balançar. Admiro o uso da teoria do
Sentir, como nadar na tempestade, mas critico
O viés antirrepresentacional numa época de
Você não está ouvindo. Desculpe. Estava pensando
Como a beleza do seu canto reinscreve
A esperança cuja morte preanuncia. Acena

Unhinged in a manner of speaking
Crossed with stars, a rain that can be paused
So we know we're dreaming on our feet
Like horses in the city. How sad. Maybe
No maybes. Take a position. Don't call it
Night-vision green. Think of the children
Running with scissors through the long
Where were we? If seeing this as portraiture
Makes you uncomfortable, wake up

∝

Wake up, it's time to begin
The forgetting. Direct modal statements
Wither under glass. A little book for Ari
Built to sway. I admire the use of felt
Theory, like swimming in a storm, but object
To antirepresentational bias in an era of
You're not listening. I'm sorry. I was thinking
How the beauty of your singing reinscribes
The hope whose death it announces. Wave

Num esforço inconsciente para unificar a voz
Engulo chiclete. Um homem velho chora no aeroporto
Por uma conexão perdida. A cor do dinheiro é
Verde visão noturna. Ari tira os grampos de cabelo
Eu tiro a pontuação. No freezer não tem nada
Só vodca e rolos de filme. Deixe as belas
Perguntas sem resposta. Restam seis páginas
Da nossa juventude e eu preferiria engolir a língua
Do que desperdiçá-las em descrições

∝

Explode o grito pela linguagem simples
Em cidades idênticas. Zukofsky aparece em meus sonhos
Vendendo facas. Cada peça exposta, um futuro fracassado
A estrela morre e sua luz sobrevive. Anteras de vidro
Confundem abelhas. Isto é pornografia? Sim, mas
Mas nada. Vem pra referência. Um modo de despir-se
À altura do fascismo se torna obrigatório
Em cidades idênticas. Já falei isso antes? Já falei que
É preciso livrar-se da camisa de força da perspectiva

In an unconscious effort to unify my voice
I swallow gum. An old man weeps in the airport
Over a missed connection. The color of money is
Night-vision green. Ari removes the bobby pins
I remove the punctuation. Our freezer is empty
Save for vodka and film. Leave the beautiful
Questions unanswered. There are six pages left
Of our youth and I would rather swallow my tongue
Than waste them on description

∝

A cry goes up for plain language
In identical cities. Zukofsky appears in my dreams
Selling knives. Each exhibit is a failed futurity
A star survived by its own light. Glass anthers
Confuse bees. Is that pornography? Yes, but
But nothing. Come to reference. A mode of undress
Equal to fascism becomes obligatory
In identical cities. Did I say that already? Did I say
The stranglehold of perspective must be shaken off

Tradição transmitida ao vivo com pequeno atraso
Toma o lugar da experiência, como retratos
Retribuindo olhares. Zukofsky aparece em meus sonhos
Oferecendo a face. Cada uma de nós deve se perguntar
Por que estou aplaudindo? O conteúdo se anuncia
Pela desaparição, como fogos de artifício. Onda
Sobre onda de informações irrompe sobre nós
Sem o nosso conhecimento. Se eu lhe der meu jeans
Você simula angústia

∝

Destruir tudo em nome da renovação
Já não tentamos isso antes? Sim, mas
Mas não no Canadá. A vanguarda sucumbe
À autoexaltação tão facilmente quanto os cisnes
Sucumbem à gripe aviária. Escrevo isto
Com a mão não dominante entre o solo e o assoalho
Sob a guerra. Sinto um eixo estalando
Em meu crânio, em breve perderei o poder
De selecionar, conservando o poder de

A live tradition broadcast with a little delay
Takes the place of experience, like portraits
Reciprocating gazes. Zukofsky appears in my dreams
Offering his face. Each of us must ask herself
Why am I clapping? The content is announced
Through disappearance, like fireworks. Wave
After wave of information breaks over us
Without our knowledge. If I give you my denim
Will you simulate distress

∝

To lay everything waste in the name of renewal
Haven't we tried that before? Yes, but
But not in Canada. The vanguard succumbs
To a sense of its own importance as easily as swans
Succumb to the flu. I'm writing this one
With my nondominant hand in the crawl space
Under the war. I can feel an axis snapping
In my skull, and soon I will lose the power
To select, while retaining the power to

Todas essas flores me parecem iguais
Verde visão noturna. Não há nada a fazer
No deserto salvo ler *Penthouse* e levantar peso
Meu sangue é negativo. Basta você saber disso
Armamentos sofisticados unem-se a tradicionais
Prazeres da perspectiva para a nova materialidade
Do aponta-e-clica. Escrevo isto
Como uma mulher à vontade guiando
Um prisioneiro encoleirado

∝

Combinar era a palavra que eu procurava
Lá entre as árvores. Meu sangue é
Moderno Escandinavo. Eu meio que surtei
Mas chega de falar de mim. Voltar diferenciado
Já não tentamos isso antes? Sim, mas
Mas não lá de cima. Flocos únicos formam
Dunas indistinguíveis num processo a que chamamos
Todas essas palavras me parecem iguais
Fascismo. Ordene as flores pelo preço

All these flowers look the same to me
Night-vision green. There is nothing to do
In the desert but read *Penthouse* and lift weights
My blood is negative. That's all you need to know
Sophisticated weaponry marries the traditional
Pleasures of perspective to the new materiality
Of point-and-click. I'm writing this one
As a woman comfortable with leading
A prisoner on a leash

∝

Combine was the word I was looking for
Back there in the trees. My blood is
Scandinavian Modern. I kind of lost it
But enough about me. To return with a difference
Haven't we tried that before? Yes, but
But not from the air. Unique flakes form
Indistinguishable drifts in a process we call
All these words look the same to me
Fascism. Arrange the flowers by their price

Então, no lugar de desespero, a voz
De Nina Simone. Abrem-se parênteses
Para um novo gênero cruzado com estrelas
Ari tira os grampos de cabelo. A noite cai
Não faz sentido falar em non sequitur
Quando se está apaixonado. Deixe os que criticam
O páthos engolirem a língua. Meu povo
Anestesiado e repulsivo, larguem as Glocks
E os Big Macs. Há que fazer jus aos sinais de nascença

∝

Por volta de 1945, a questão se torna: Dorminhoco
Já que o mundo está acabando, deixa eu comer as balas
Do colar no seu pescoço? Vire o disco
Vire o travesseiro. Tem um lado mais frio.
Como veia em asa de gafanhoto
O veio de esperança revelado na voz dela
Não pode nos salvar. Mas pode nos lembrar
Sobrevivência é meta de carniceiro. Todos
Ao páthos. Que os créditos

Then, where despair had been, the voice
Of Nina Simone. Parentheses open
On a new gender crossed with stars
Ari removes the bobby pins. Night falls
There is no such thing as non sequitur
When you're in love. Let those who object
To the pathos swallow their tongues. My numb
Rebarbative people, put down your Glocks
And your Big Gulps. We have birthmarks to earn

∝

Around 1945 the question becomes: Sleepyhead
Since the world is ending, may I eat the candy
Necklace off your body? Turn the record over
Turn the pillow over. It has a cooler side
Like a vein on the wing of a locust
The seam of hope disclosed by her voice
It cannot save us. But it can remind us
Survival is a butcher's goal. All hands
To the pathos. Let the credits

Dobre o bastão de plástico e quebre o tubo interior
A reação emite luz, mas não calor
A tragédia da dialética. Partículas micras como areia
De possibilidade revolucionária caem o tempo todo
Sem o nosso conhecimento. Os jardins do Congresso
Cintilam veneno. Já que o mundo está acabando,
Por que não deixar as crianças tocarem nos quadros
A voz de Nina Simone contém sua própria
Negação, como uma pérola

∝

Enquanto os nomes de marcas tendem ao genérico
Nós tendemos ao fascismo, uma vida em comum
Substituída por sua imagem. Os predicados
São de vidro. Eu os soprei. Sinto muito, mais
Do que posso expressar neste telefone mínimo. Sua voz
Está cortando. Não, desliga. Eu segurei a mão
De um completo estranho durante a decolagem
Sem saber que era a minha, revelando-se
A função ideológica de

Bend the plastic stick and break the interior tube
The reaction emits light, but not heat
The tragedy of dialectics. Sand-sized particles
Of revolutionary possibility fall constantly
Without our knowledge. The capitol lawns
Sparkle with poison. Since the world is ending
Why not let the children touch the paintings
The voice of Nina Simone contains its own
Negation, like a pearl

∝

As brand names drift toward the generic
We drift toward fascism, a life in common
Replaced with its image. The predicates
Are glass. I blew them. I'm sorry, sorrier
Than I can say on such a tiny phone. You're
Breaking up. No, down. I held the hand
Of a complete stranger during takeoff
Unaware it was my own, laying bare
The ideological function of

Dormência, sentir silêncio, súbita
Incapacidade de engolir, o sonho em que
O rosto é de Velcro, descrevendo o filme
Com a língua do desastre, o desastre de
Não terminar sentenças, excluir o suicida
Da discagem rápida, incapaz de reconhecer
A si mesmo na foto, chegar em casa e encontrar
Um círculo de amigos e familiares preocupados
Mais pra colônia de artistas do que pra hospital

∝

Mais pra vitamina do que pra antipsicótico
Desespero coletivo em enunciados dóceis
O sonho em que é estonada a pele
De jeans, passar sua mão pelos cabelos
De um amigo imaginário, levantar da cama,
Vestir-se, retornar chamadas, tudo sem
Acordar, a súbita suspeita de que os dentes
Na sua boca não são os seus, que
Dirá as palavras

Numbness, felt silence, a sudden
Inability to swallow, the dream in which
The face is Velcro, describing the film
In the language of disaster, the disaster in
Not finishing sentences, removing the suicide
From the speed dial, failing to recognize
Yourself in the photo, coming home to find
A circle of concerned family and friends
It's more of an artists' colony than a hospital

∝

It's more of a vitamin than an antipsychotic
Collective despair expressed in I-statements
The dream in which the skin is stonewashed
Denim, running your hand through the hair
Of an imaginary friend, rising from bed
Dressing, returning calls, all without
Waking, the sudden suspicion the teeth
In your mouth are not your own, let
Alone the words

Ela me entregou um livro. Eu já tinha lido
Desprezado, mas agora, no breu, ouvi
Os pequenos atrasos. Se queres falar de amor
Gagueja, como chuva, como Robert, não
Não tenhas vergonha. Deixe os que criticam o
Mas essa é uma fúria banal. Não é um sistema
É um gesto cujo poder deriva do seu
Fracasso, uma criança tentando nos
Abraçar com os braços salpicados de glitter

∝

Não é uma cultura do medo. Quando um povo
Se dá tapinhas nas costas com a mão dormente
Não é sequer uma cultura. Tome partido
Corta fora. Ficam os anéis. O presidente
Mas você prometeu não mencionar
Eu me vi nas lentes espelhadas
Não se pode matar uma metonímia
Dos seguranças dele. Vou partir pro Canadá
Quando acordar. Você quer dizer *se*

She handed me a book. I had read it before
Dismissed it, but now, in the dark, I heard
The little delays. If you would speak of love
Stutter, like rain, like Robert, be
Be unashamed. Let those who object to the
But that's familiar rage. It isn't a system
It is a gesture whose power derives from its
Failure, a child attempting to gather
Us into her glitter-flecked arms

∝

It isn't a culture of fear. When a people
Pats itself on the back with a numb hand
It isn't a culture at all. Take a position
Cut it off. Leave the rings. The president
But you promised you wouldn't mention
I saw myself in the mirrored lenses
You cannot kill a metonym
Of his bodyguards. I'm moving to Canada
When I wake up. You mean *if*

Nenhuma noção de rotação em sentido horário pode ser
Descrita na superfície continuamente
Então talvez isto tome um tempo. Traga um livro
Já experimentou dividir em triângulos
Ou trocar de mão. Não, mão dominante
Fascia, um fibrado tangente. Podemos desdobrar
O que não podemos calcular? Não sem fazer
Cortes. Me oriente, pois a noite se aproxima
Aquiral, múltipla, estacionária

$\propto$

Não há razão pra ter esperança, mas o que é razão
O que a razão tem a ver com isto? Acento
Não duração. Cantilena, não pontuação
E isto é amor. Por que não falar dele
Enquanto nos empurra para o ascenso
Da bola de fogo toroidal? Esta coluna
De luz poeirenta quem tornou possível
Foi a Boeing, mas o que, aqui onde começam
A desaparecer pessoas, tornou a Boeing possível

No concept of clockwise rotation can be
Described on the surface continuously
So this might take a while. Bring a book
Have you tried breaking it into triangles
Or changing hands. No, handedness
Fascia, a tangent bundle. Can we unfold
What we can't figure? Not without making
Cuts. Orient me, for the night is coming
Amphichiral, manifold, and looped

$$\propto$$

We have no reason to hope, but what's reason
What's reason got to do with it? Accent
Not duration. Cantillation, not punctuation
And that's love. Why not speak of it
As we are drawn up into the rising
Toroidal fireball? This column
Of powdery light is made possible
By Boeing, but what, and here's where people
Start disappearing, made Boeing possible

Se você pudesse ver a ponta do vetor
Pareceria estar rodando em círculo
Ao chegar perto. Referência é uma lenta
Onda transportando energia por meios
Vazios. Não se pode apressá-la. O páthos
Deslocado retorna com força e pintores
Em luto apagam quadrículas. Só um mestre
Só um carniceiro desfaz sentido. Os demais
Têm segundas intenções de vidro

α

Por *complexo* quero dizer: meu plano é traçado
Para baixo e para a base da nuvem
Me dói quando você ouve tão atentamente
Sufocando a referência. Decantada com cuidado
A fim de respirar. *Isto é* crítica. O tema
Desponta na superfície. Estoura. O percurso óptico
Do objeto à imagem é sempre reversível
E isso dói, saber que não precisava ser
Quer dizer, não me leve a mal, eu curto matar

If you could see the tip of the vector
It would appear to be moving in a circle
As it approached you. Reference is a slow
Wave transporting energy through empty
Media. You can't rush it. The displaced
Pathos returns with a vengeance and painters
Pull grids apart in grief. Only a master
Only a butcher can unmake sense. The rest of us
Have axes to grind into glass

$$\propto$$

By *complex* I mean my intention is drawn
Downward to the bottom of the cloud
It hurts me when you listen too closely
Smothering reference. Carefully decanted
Left to breathe. *That's* criticism. The subject
Rises to the surface. Bursts. All light paths
From the object to the image are reversible
And that hurts, to know it didn't have to be
I mean, don't get me wrong, I enjoy killing

Os pássaros eram teco-tecos a voar e cantar
Tem fotos boas on-line. Engraçadas
Esquisitas, não do tipo haha, como a tela
Preta fica realista, uma vista aérea
Do sumiço deles. Onda sobre onda
Do déjà lu. Após a tempestade, o céu vira
Verde visão noturna. A cor do massacre
Ouço os soldados marchando no meu
Travesseiro. Até no Canadá

α

Sua literatura é irrelevante para outubro
Anna de todas as Rússias, um corpo que foi
O outubro ideal que ainda precisa de
Um rosto. Outubro rodeado assintoticamente
Por tanques. As folhas viram visão noturna
Anna, está vendo as partículas micras como areia
Do verdadeiro outubro despontando do asfalto
Como vaga-lumes com corpos de visão noturna
Nem eu. O irrelevante eu. O eu de todos

Birds were these little ships that flew and sang
There are some cool pics online. Funny
Strange, not ha-ha funny, how the black
Canvas grows realistic, a bird's-eye view
Of their disappearance. Wave after wave
Of déjà lu. After the storm, the sky turns
Night-vision green. The color of murder
I can hear the soldiers marching in my
Pillow. Even in Canada

∝

Her literature is irrelevant to October
Anna of all the Russias, whose body was
An ideal October that has yet to obtain
A face. October approached asymptotically
By tanks. The leaves turn night-vision
Anna, do you see how the sand-sized particles
Of the true October rise from the asphalt
Like fireflies whose bodies are night-vision
Neither do I. The irrelevant I. The I of all

Avançará recursivamente ou de modo algum
O novo fecho. Em vez de contornos fixos
Cor modulada. Se a luz concentrada
Alcança uma folha, parte é refletida pela
Gotícula, irradiando uma luz branca ao redor
Do gênero. É como a galeria de sussurros
O piloto de caça vê na nuvem sua sombra
Cruzada com o Muro das Lamentações. Não
Sabemos distinguir cartuchos de munição de

∝

Aplausos. Fale francamente. Deixe as mãos
Na mesa. Não se refugie nos procedimentos
Não espere um desastre impressionante
Para olhar nos olhos do seu irmão e falar
De amor. Não se engane: a disjunção
A disjunção permanece. Não hesite
Em cortar os versos mais belos em nome
Da forma. O pão das palavras. Procure por mim
Na beira do gênero. Vou pra lá a pé

It will develop recursively or not at all
The new closure. In lieu of fixed outlines
Modulating color. If concentrated light
Strikes the leaf, part is reflected through
The droplet, producing a white glow around
The genre. It's like the whispering gallery
The fighter pilot sees his shadow on the cloud
Crossed with the Wailing Wall. We can't
Distinguish rounds of ammunition from

$\propto$

Applause. Speak plainly. Keep your hands
On the table. Do not flee into procedure
Do not wait for a surpassing disaster
To look your brother in the eye and speak
Of love. Make no mistake: the disjunction
The disjunction stays. Do not hesitate
To cut the most beautiful line in the name
Of form. The bread of words. Look for me
At genre's edge. I'm going there on foot

Tingi os cabelos de sei-lá-quem com Ki-Suco
Sabor limão então quando li *O prado de Biéjin*
Emprestei as feições dela ao espírito de cabelo verde
Há uma menina presa em todo lago artificial
Ela vai puxar você para dentro do seu reflexo
Stephen me conta de sei-lá-quem
Que andava sonâmbula pela neve
Escrevia o próprio nome mijando e voltava pra cama
Sem acordar foi jogada

∝

Neste poema atravessando o para-brisa
Uma vez que ela me abraçou com os braços salpicados de
Não me importa se "feição" é arcaico
Uma vez que ela entrou pela porta de correr
Um avião anunciado por sua desaparição
Você chegou até aqui sem mencionar
Topeka. Vidro no cabelo dela. Padrões de
Vou lançar minha voz como um vaso de barro
Guarde aí as cinzas dela. Não me importa se o "amor

I dyed what's-her-face's hair with lime
Kool-Aid so when I read "Bezhin Meadow"
I lent her aspect to the green-haired spirit
There is a girl trapped in every manmade lake
She will pull you into your reflection
Stephen tells me what's-her-face
Who used to sleepwalk into the snow
Piss her name and glide back to bed
Without waking was thrown

∝

Into this poem through a windshield
Once she gathered me into her glitter-flecked
I don't care if "aspect" is archaic
Once she walked into the sliding door
A plane announced through disappearance
You made it this far without mentioning
Topeka. Glass in her hair. Patterns of
I will throw my voice like a clay pot
Keep her ashes there. I don't care if "love

Não nego a influência, mas é menos
Uma relação de pai para filho do que uma relação de
Lua para maré. E mais, meus professores são quase todos
Partículas bombardeando folhas de ouro ou dilúvios
É o movimento, não a matéria, não os substantivos
Mas os pequenos atrasos. Um gênero cruzado
Um gênero que Marvin Gaye cruzou a pé
Filicídio. Desleituras fortes surgem
Na superfície. Estouram. Não precisava ser

∝

Se me levanto da mesa, se vagueio
Descalço pelos jardins cintilantes
Se estou perdido em Juárez em Topeka, se é inverno
Em agosto quando pródromos, quando pássaros a
Citar o passado a todo momento, sem
Sem necessidade de exemplos, policiais, médicos
Preciso andar até a beira do gênero e olhar
Para nada. Voltarei, o acesso vai me trazer de volta
A tempo do café com laranjas

I don't deny the influence, but it's less
A relation of father to son than a relation of
Moon to tide. Plus, my teachers are mainly
Particles bombarding gold foil or driving rain
It's the motion, not the material, not the nouns
But the little delays. A gender crossed
A genre crossed on foot by Marvin Gaye
Filicide. Strong misreadings arise
On the surface. Burst. It didn't have to be

$$\alpha$$

If I rise from table, if I wander
Discalced through the sparkling lawns
If I'm lost in Juárez in Topeka, if it's winter
In August when the prodromata, when the birds
Cite the past in all its moments, there is no
No need for examples, police, doctors
Let me walk to the edge of the genre and look out
Into nothing. I will return, the fit will return me
In time for coffee and oranges

Autoridade que deriva da entrega
Assim defino *aura*, como as flores de papel
De Zukofsky, colhidas do *Capital*
Para os cabelos da Celia. Não tem preço.
Tetos altos reflexivos nos permitem receber
Nosso próprio aplauso. Quando o público
Se curva em reverência, isto é fascismo. Um bis
Repetido. Efeito de superfície. O auditório
É uma onda estacionária. Um rugido sedimentado

∝

O sistema todo pesa cerca de um quilo
Um passarinho governa os átrios. Você sonha
O sonho do doador. O alento do doador
Quebra os seus versos em cima das preposições
Polidas e cortadas ao meio para exibir cristalinas
Derivações regressivas. Vá com medo da abstração
Mas vá. Vá antes do amanhecer. Não há nada
Uma concha para quê. Só ponha a mão em concha
Aqui para você, nada, só repetição

Authority derived from giving it away
Is how I define *aura*, like Zukofsky's
Paper flowers picked from *Kapital*
For Celia's hair. Priceless. The high
Reflective ceilings allow us to receive
Our own applause. When an audience
Takes a bow, that's fascism. A looped
Encore. Surface effects. The auditorium
Is a standing wave. A sedimented roar

α

The entire system weighs about two pounds
A small bird governs the atria. You dream
The donor's dream. The donor's breath
Breaks your lines across their prepositions
Halved and polished to display the crystal
Back-formations. Go in fear of abstraction
But go. Be gone by morning. There is nothing
You don't need a shell. Just cup your hand
Nothing for you here but repetition

Elegias Doppler

α

De qualquer ângulo, era inverno
          interminável. Emulsões de
Depois rodearam o lago como
Não tem jeito. Este abril será
Sensibilidade inadequada ao verde. Levantei
cedo, fiquei por uma hora apagando
          Pincel de seda e machado
Gostaria de pensar que sou outra pessoa
          imagem latente esmaecendo

pelas beiras e orelhas
          No geral, um rosto mais tenso
agora. Será que é tão difícil entender
No menu suspenso
Do conjunto de oito poemas, escolhi
dormir, mas não consegui
          Decidi mudar tudo
Inteiramente composto de fotos
          ou esvanecer entre as árvores

mas não consegui
          lembrar do sonho
com exceção de uma breve tomada
de uma mulher abrindo os olhos
Ari, entenda. Sou outra pessoa
Em um mundo perfeito, seria
          abril, ou um conceito associado
Verde ao toque
          a alguns metros de distância

α

By any measure, it was endless
        winter. Emulsions with
Then circled the lake like
This is it. This April will be
Inadequate sensitivity to green. I rose
early, erased for an hour
        Silk-brush and ax
I'd like to think I'm a different person
        latent image fading

around the edges and ears
        Overall a tighter face
now. Is it so hard for you to understand
From the drop-down menu
In a cluster of eight poems, I selected
sleep, but could not
        I decided to change everything
Composed entirely of stills
        or fade into the trees

but could not
        remember the dream
save for one brief shot
of a woman opening her eyes
Ari, pick up. I'm a different person
In a perfect world, this would be
        April, or an associated concept
Green to the touch
        several feet away

α

Quero terminar o livro a tempo
        e ponto. Abelhas confusas
Num mundo perfeito
efeitos de fogos. Chuva na gravação
Bem com essa forma específica
do pós-tudo, uma queda
        esférica de estrelas coloridas
uma voz do tipo meio rasgada
        Por que estou sempre

dormindo em seus poemas
        Chiado suave atravessando
A vida que escolhemos
no menu suspenso
de drives disponíveis. Olha pra mim
Ben, quando estou
        Esta não é a minha voz
A tal e tal ritmo gradual, os versos a
        Fluir na noite

de amor. Por que não falar dele
        já que todo trabalho agora
é trabalho tardio. Folhagem, fonte, nuvem
nas profundezas solares de quem
estou citando. Será que há lugar para isto
ela cortou os cabelos
        Segurou-os e me mostrou
Em seu longo sonho
        o dinheiro troca de mãos

α

I want to finish the book in time
        period. Confused bees
In a perfect world
a willow-effect. Rain on the recording
Fine with this particular form
of late everything, a spherical
        break of colored stars
a voice described as torn in places
        Why am I always

asleep in your poems
        Soft static falling through
The life we've chosen
from a drop-down menu
of available drives. Look at me
Ben, when am I
        This isn't my voice
At such-and-such smooth rate, the lines
        Stream at night

and love. Why not speak of it
        as all work now
is late work. Leafage, fountain, cloud
into whose sunlit depths
I'm quoting. Is there a place for this
she cut her hair
        She held it toward me
In your long dream
        money changes hands

α

Me preocupa um amigo
        entre panículas de flores
gastas. Estou no telefone
Há uma discussão aqui sobre
Janelas de catedrais mais grossas na base
Não é do seu interesse
        vidros fluidos. Que tal falarmos
do consumo de bebidas
        Chamam de árvores-do-fumo

Estou meio morto
        de qualquer ângulo
já. Quando éramos crianças, as folhas,
mas essa é uma história, caídas ou refletidas
obscureciam o poço. Cortei isto
No sonho são sempre
        mais jovens. Ari me acordou
Você estava gritando
        Tudo é tão

fácil para você
        Quer dizer, foi
tão fácil, como abandonar lentamente
A foto, até mesmo aquelas
Estão florescendo cedo. Digo isso
literalmente. Se vê do espaço
        que ele tirou. Podemos falar
do consumo de bebidas
        Algum dia em maio

α

I'm worried about a friend
        among panicles of spent
flowers. I'm on the phone
There's an argument here regarding
Cathedral windows thicker at the base
It does not concern you
        flowing glass. Can we talk
about the drinking
        They call them smoke trees

I'm pretty much dead
        by any measure
already. When we were kids, the leaves
but that's a story, fallen or reflected
obscured the well. I cut this
In the dream, they are always
        younger. Ari woke me
You were screaming
        Everything is so

easy for you
        You mean was
so easy, like walking slowly
Out of the photo, even those
They are blooming early. I mean that
literally. You can see it from space
        he took. Can we talk
about the drinking
        Sometime in May

α

Pedem aos passageiros que aplaudam
        Era sempre igual
a janela em seus poemas
para os dois soldados. Estávamos atrasados
Em cada assento, uma tela mínima
Uma garrafa mínima. O mesmo tráfego
        Na copa das árvores, chuva
fina. Ele manteve o tema
        constante. Agora eu

entendo. Olhei para
        Denver sobrevoando mas só vi
nosso reflexo. Baixem
as luzes da cabine. Robert morreu
Pertences podem ter se deslocado
Eu não o conhecia. Por que estou
        aplaudindo. Estamos começando
a descida em direção a
        Uma voz do tipo meio

Na gravação, pude ouvir
        a hesitação
Certa coragem. Não sei explicar
feito música. Podíamos ver
nosso avião caindo. Seríamos
Nossos homens e mulheres
        autorizados a repreender
de uniforme. Quando o ouvi ao vivo
        não entendi

∝

The passengers are asked to clap
            It was always the same
window in his poems
for the two soldiers. We were delayed
In every seat, a tiny screen
A tiny bottle. The same traffic
            High up in the trees, small
rain. He held the subject
            constant. Now I

get it. I looked out
            over Denver but could see
only our reflection. Dim
the cabin lights. Robert is dead
Articles may have shifted
I didn't know him. Why am I
            clapping. We are beginning
our final descent into
            A voice described as torn

On the recording, I could hear
            the hesitation
A certain courage. I can't explain
as music. We could watch
our own plane crash. We would be
Our men and women
            permitted to call down
in uniform. When I heard him live
            it was lost on me

α

Ninguém assiste à floração
    A empreitada conhecida
de várias maneiras por despertar, abril, ou
Morcegos estão sumindo como
cor nas funções. Eu queria abrir
Numa nova janela
    os olhos de um amigo
se necessário à força. Luz âmbar
    é uma expressão inútil

mas terá que fazer
    o que a pintura fez
Densa fumaça dos poços ardentes
para nossos pais. Ben
tem um homem na porta dizendo
Fiz pequenas mudanças
    que ele achou o seu caderno
está tudo em vermelho. O sonho recorrente
    artificial em partes

De peso decrescente
    parece a letra
depois da difícil passagem
da abertura, uma palavra-chave no precoce
Azul do vidro ondulado
em círculos atonais. Fomos aos poucos eliminados
    das capitais atrasadas
como papel-moeda
    Ou são duas palavras

α

A flowering no one attends
>	The enterprise known
variously as waking, April, or
Bats are disappearing like
color into function. I wanted to open
In a new window
>	the eyes of a friend
by force if necessary. Amber light
>	is a useless phrase

but will have to do
>	what painting did
Dense smoke from the burning wells
for our parents. Ben
there is a man at the door who says
I've made small changes
>	he found your notebook
throughout in red. The recurring dream
>	contrived in places

Of waning significance
>	it resembles the hand
after a difficult passage
opening, a key word in the early
Blue of rippled glass
atonal circles. They phased us out
>	across the backward capitals
like paper money
>	Or is that two words

α

Estão passando rápido, aquelas
      casas onde eu queria
falar. Conjuntos vazios
Entre meus amigos, uma briga sobre
As perguntas importantes
não podem surgir, então esta deve ser a serra
      onde os famosos
passam o inverno. Conheço o sonho
      Moinhos de vento ampliam

a experiência, matando pássaros
      mas já usei demais
sonho no meu livro
de relevância. Não se pode predicar nada
Ao longo da costa evanescente
esta noite. Você terá que esperar até que
      resquícios de pequenas fogueiras
o olho possa atrair novas feições das
      Estrelas

vêm comer aqui. Há uma sala reservada
      Você se preocupa
com a energia estrangeira
No seu trabalho, sinto certa
distância, como um rádio que ficou ligado
Do outro lado do lago, dá pra ver
      a nova construção de vidro
subindo. Os carros elétricos
      sem motorista

∝

They are passing quickly, those
            houses I wanted to
speak in. Empty sets
Among my friends, there is a fight about
The important questions
cannot arise, so those must be hills
            where the famous
winter. I am familiar with the dream
            Windmills enlarge

experience, killing birds
            but I have already used
dream too often in my book
of relevance. Nothing can be predicated
Along the vanishing coast
tonight. You'll have to wait until
            remnants of small fires
the eye can pull new features from
            The stars

eat here. There is a private room
            Are you concerned
about foreign energy
In your work, I sense a certain
distance, like a radio left on
Across the water, you can see
            the new construction going up
is glass. The electric cars
            unmanned

∝

Em algum lugar deste livro rompi
        Há uma passagem
com um amigo. Me arrependo agora
tirada ipsis litteris de
Depois recomecei, focando em
mover os lábios, falhas na
        Fuselagem vermelha a brilhar contra
céus enxaguados. Ensaiando o sonho
        Penso nele de tempos

num campo competitivo
        de bruços, uma cena banal
inteiramente composta de fotos
em tempos. É difícil acreditar mas
Quando ele liga, finjo que
ele se foi. Ele estava se soltando
        estou na outra linha
no conjunto de oito poemas
        todo o inverno. Tempos desencontrados

para Ari. Desculpe se ando
        distante, tem sido um período
difícil, batendo tantas teclas
com a mão espalmada
quanto possível, depois apoiando a cabeça
na janela, incapaz de relembrar
        abril, como falas entreouvidas
na hora de escrever
        encharcado em sua extensão

∝

Somewhere in this book I broke
         There is a passage
with a friend. I regret it now
lifted verbatim from
Then began again, my focus on
moving the lips, failures in
         The fuselage glows red against
rinsed skies. Rehearsing sleep
         I think of him from time

in a competitive field
         facedown, a familiar scene
composed entirely of stills
to time. It's hard to believe
When he calls, I pretend
he's gone. He was letting himself go
         I'm on the other line
in a cluster of eight poems
         all winter. The tenses disagreed

for Ari. Sorry if I've seemed
         distant, it's been a difficult
period, striking as many keys
with the flat of the hand
as possible, then leaning the head
against the window, unable to recall
         April, like overheard speech
at the time of writing
         soaked into its length

α

É isto que você chamava de prosa
                Formas de sílica vítrea
Uma viga de apoio
onde o raio atinge a areia
ausente da voz, corroída
por dentro pude ver
                a influência dele, sobretudo no uso
mas também na troca
              A cabeça inclinada para trás

espaçando a fala
            Nossa colaboração termina
No dia marcado, nos reunimos
num espaço improvisado
Fluido viscoso de origem floral
mas discutimos sobre os termos
            vertidos da boca para
Partículas de cera. Isto já foi feito antes
         as mãos em concha

em chave menor, um sentido mais amplo
           Me pareço com ele
agora ainda mais, incapaz de pronunciar
ou perdendo a voz, então de repente
Insurgindo contra a vastidão
Preciso ir. Acabo de lembrar
           uma coisa sobre Ari
estruturada como linguagem
           com atrasos adequados

α

Is this what you meant by prose
        Silica glass shapes
A supporting beam
where lightning strikes the sand
missing from the voice, eaten away
From the inside I could see
        his influence, mainly in the use
but also in exchange
        The head tipped back

to slow the speaking
        Our collaboration ends
On the appointed day, we gathered
in a makeshift structure
Viscous fluid from a floral source
but quarreled over terms
        pouring from the mouth into
Particles of wax. It's been done before
        cupped hands

in a lesser key, a broader sense
        I sound like him
more often now, unable to pronounce
or trailing off, then suddenly
Set against a large expanse
I have to leave. I just remembered
        something about Ari
structured like a language
        with appropriate delays

Percurso livre médio

E se você pudesse ouvir isto como se fosse música
Mas não como você entende isso. O lento feixe
Me abriu. Muros me atravessavam
Como ondas ressonantes. Pensei que talvez
Se você tiver tempo, podíamos passar a vida nos
Despedindo nas estações, prometendo escrever
Guerra e Paz, dessa vez com sentimento
Enquanto as balas deixam rastros luminosos em
Espera, ainda não terminei. Eu ia dizer que
Quebra-mares lembram nuvens alinhadas

∝

Renúncias escalonadas. Fronteira imprecisa entre
A vitrine do museu e a da lojinha. A morte de um
Amigo me abre. De repente o clima
Foi escrito por Tolstói, que tinha mãos gigantes
Ondas ressonantes. É difícil não levar
Quando seu olho está no vértice de um cone
O outono pro lado pessoal. Meu passado se torna
De versos que se estendem a cada folha
Citável em todos os momentos: chuva, despedida

What if I made you hear this as music
But not how you mean that. The slow beam
Opened me up. Walls walked through me
Like resonant waves. I thought that maybe
If you aren't too busy, we could spend our lives
Parting in stations, promising to write
War and Peace, this time with feeling
As bullets leave their luminous traces across
Wait, I wasn't finished. I was going to say
Breakwaters echo long lines of cloud

∝

Renunciation scales. Exhibits shade
Imperceptibly into gift shops. The death of a friend
Opens me up. Suddenly the weather
Is written by Tolstoy, whose hands were giant
Resonant waves. It's hard not to take
When your eye is at the vertex of a cone
Autumn personally. My past becomes
Of lines extending to each leaf
Citable in all its moments: parting, rain

Deve ter um jeito mais fácil de fazer isto
Quer dizer, sem escrever, sem ecos
Surgindo de superfícies refletoras, que deviam
Deviam ter sido quebradas por estruturas
Penduradas no topo na esperança de defletir
Na esperança de ouvir a deflexão da música
Como música. Deve ter um jeito de falar
Dos fracassos possíveis num plano inclinado
Pequenas colisões, percurso da queda

∝

Mas antes de ser usado pelos cegos, era usado
Por soldados que não podiam acender lamparinas
Sem atrair tiros do outro lado do lago
Símbolos em relevo nos permitem ler
Nossas comendas no breu total
Na guerra total, o front é contínuo
Escrita noturna, de onde vem
Verde visão noturna. E se você pudesse
Ouvir isto com as mãos

There must be an easier way to do this
I mean without writing, without echoes
Arising from focusing surfaces, which should
Should have been broken by structures
Hung from the apex in the hope of deflecting
In the hope of hearing the deflection of music
As music. There must be a way to speak
At a canted angle of enabling failures
The little collisions, the path of decay

∝

But before it was used by the blind, it was used
By soldiers who couldn't light their lamps
Without drawing fire from across the lake
Embossed symbols enable us to read
Our orders silently in total dark
In total war, the front is continuous
Night writing, from which descends
Night-vision green. What if I made you
Hear this with your hands

Outono num romance menor. A escola
Dispersa, dispersando luz pela superfície
Educa em torno do tornozelo da criança
Que você foi. Fim. Guarde o livro
Olhe pela janela: estamos descendo
Como Chopin pelo crepúsculo. Agora são seis
Seis anos se passaram e estou lendo isto de novo
Sobrevoando Denver. Comprei na lojinha
Nada mudou exceto o tom

∝

Pequenos contrastes tremeluzem
O complexo das distâncias colapsando
Sob o próprio peso como estrelas
Símbolos em relevo. Não posso competir
É como o momento após acordar
Quando não se pode precisar se o grito
Com recursos projetados para ampliar
Era interno ou externo ao sonho
Luz estelar para soldados lerem durante o sono

Autumn in a minor novel. The school
Scatters, scattering light across the surface
Reforms around the ankle of the child
That you were. The end. Put the book away
Look out the window: we are descending
Like Chopin through the dusk. Now it's six
Six years later and I'm reading it again
Over Denver. I bought it in the gift shop
Nothing's changed except the key

∝

Little contrasts flicker in
Distances complex because collapsing
Under their own weight like stars
Embossed symbols. I can't compete
It's like the moment after waking
When you cannot determine if the screaming
With devices designed to amplify
Was internal or external to the dream
Starlight so soldiers can read in their sleep

Espera, não quero que isto vire
Vire um grande romance. Quero que isto seja
Inteiramente composto de beiras, pequeno percurso
Para Ari. Só tive professoras mulheres
Mas não como você entende isso. Por isso falo
Com a voz tão suave que soa como escrita
Escrita noturna. A estrutura do sentimento.
Se quebra com a mão. Quero o papel com pouca
Opacidade, o verso quase legível por trás

∝

A ode quase legível sob a elegia
A elegia preemptiva inteiramente composta
Este movimento do chão à nuvem
De ondas que vão se decompondo em cordas dedilhadas
É um raio. Não sei outra forma de dizer isso
Quer dizer, sem escrever. Talvez se você souber
Queimar as largadas, não largar mão dos símbolos
À beira do colapso, ou deixar o colapso simbolizar
A pequena clareira que é o amor. Talvez então

Wait, I don't want this to turn
Turn into a major novel. I want this to be
Composed entirely of edges, a little path
For Ari. All my teachers have been woman
But not how you mean that. That's why I speak
In a voice so soft it sounds like writing
Night writing. A structure of feeling.
Broken by hand. I want the paper to have poor
Opacity, the verso just visible beneath

∝

The ode just visible beneath the elegy
The preemptive elegy composed entirely
This movement from the ground to cloud
Of waves decaying slowly on plucked strings
Is lightning. I don't know how else to say it
I mean without writing. Maybe if you let
The false starts stand, stand in for symbols
Near collapse, or let collapsing symbolize
The little clearing loving is. Maybe then

Grave o padrão de interferência em chapa verde
Rasgue o holograma ao meio. Ainda se vê
Toda a paisagem, mas em baixa resolução
Mas através da chuva. Chamam de redundância
Na literatura. Tem a ver com feixes de referência
Versos alargados a cada folha. Quando virei a
Chamam de contingência, um tipo de música
Página a rasguei, e agora é elegia
É outono. Floretes começam a cair

∝

Há trezentos e sessenta e dois mil
E isto é amor. Há esperança salpicada
Oitocentas e oitenta maneiras de ler cada estrofe
Profundas em formas tradicionais, como falhas
Visíveis quando postas à contraluz
Não vim a pé da prosa até aqui
Para fazer correções de lápis vermelho
Eu vim aqui esta noite para abrir você
Para a interferência ouvida como música

Stamp the interference pattern into green foil
Tear the hologram in half. You still see
The whole landscape, only lower resolution
Only through rain. They call this redundancy
In the literature. It has to do with reference beams
Lines extending to each leaf. As I turned the
They call this contingency, a kind of music
Page I tore it, and now it's elegy
It's autumn. Foils are starting to fall

∝

There are three hundred sixty-two thousand
And that's love. There are flecks of hope
Eight hundred eighty ways to read each stanza
Deep in traditional forms like flaws
Visible when held against the light
I did not walk here all the way from prose
To make corrections in red pencil
I came here tonight to open you up
To interference heard as music

Danificada pelos flashes a tela começa
A apelar para que o espectador participe
A lembrar o modelo. Folhas imensas
Trazem flocos espelhados na superfície
De aço curvo criam espaços inacessíveis
Nesse sentido será que a escultura é pública
Ao lado do espelho d'água do centro de negócios
Tenho mini crises de pânico. A morte de um
Cesuras escalonadas. Outono estreita

∝

Acordando em estações, escrevendo durante a chuva
Que quando começa a misturar-se com fumaça
Cheira a jasmim. Essas pequenas
Assinaturas flutuantes me interessam
Colisões ao longo do percurso de referência
Dessa vez com sentimento. O que não posso dizer está
Está no vértice. Crie seus próprios predicados
Com a letra tão fraca que parece uma despedida
A partir de constelações cambiantes de destroços

Damaged by flashes, the canvas begins
To enlist the participation of the viewer
To resemble the sitter. Looming sheets
Work mirror flake into the surface
Of curved steel create spaces we can't enter
In that sense is it public sculpture
Beside the office park reflecting pool
I panic my little panic. The death of a
The caesura scales. Autumn tapers

∝

Waking in stations, writing through rain
Which, when it first mixes with exhaust
Smells like jasmine. These are the little
Floating signatures that interest me
Collisions along the path of reference
This time with feeling. What I cannot say is
Is at the vertex. Build your own predicates
In a hand so faint it reads like parting
Out of shifting constellations of debris

Decidi trabalhar contra a minha fluência
Estava cansado da mesma voz, frisando suas
Qualidades como objetos com breus transparentes
Isto é uma gravação. Esta mão viva
Chegou a um erro. Seguro e mostro para você
Jogo para você, medindo o tempo
Antes que as ondas voltem dos muros de papel
Do outro lado do lago. Desliga e tenta de novo
Com pouca opacidade, com sentimento

∝

Decidi dizer com todas as letras
Em um invólucro oco produzindo a
A ilusão aural de que estamos num cânion
Chamam de experiência da estrutura
Ou numa caverna. Se não fosse por Ari
Na literatura. Tem a ver com predicados
Mas é. Eu tinha planejado um trabalho indignado
Mudando de fase após reflexão
Até que uma onda de jasmim interferiu

I decided to work against my fluency
I was tired of my voice, how it stressed
Its quality as object with transparent darks
This is a recording. This living hand
Reached in error. I hold it toward you
Throw it toward you, measuring the time
Before the waves return from paper walls
Across the lake. Hang up and try again
With poor opacity, with feeling

⍺

I decided I would come right out and say it
Into a hollow enclosure producing the
The aural illusion that we are in a canyon
They call this an experience of structure
Or a cave. If it weren't for Ari
In the literature. It has to do with predicates
But it is. I had planned a work of total outrage
Changing phase upon reflection
Until a wave of jasmine interfered

O pássaro é uma pequena máquina para esquecer
Os trens de carga que passam pela minha casa
A cada quinze minutos não fazem nenhum objeto
Da casa tremer exceto meu corpo
E assim parece que cada objeto
Da minha casa treme fortemente
É minha resposta para sua pergunta sobre
Conteúdo. Um jeito melhor de dizer isso é
O pássaro é uma pequena máquina

∝

Para a guerra total, a memória do jasmim
Órgãos pareados nos permitem experimentar
Contradição sem contradição
Floração no inverno. É audível minha resposta
Ou minha, não importa qual seja
Em relação à dispersão, ou estou citando
Frequências formantes de âncoras
O que não posso dizer. Eu defendo tudo
Como o dinheiro troca de mãos nos sonhos

The bird is a little machine for forgetting
The freight trains that pass my house
Every fifteen minutes do not cause any object
In the house to shake except my body
Which makes it seem as if every object
In my house is shaking violently
Is my answer to your question regarding
Content. A better way to put this is
The bird is a little machine

∝

For total war, the memory of jasmine
Paired organs allow us to experience
Contradiction without contradiction
Flowering in winter. Is my answer audible
Or mine, whatever it might mean
Relative to scattering, or am I quoting
The formant frequencies of anchors
What I cannot say. I stand for everything
Like money changing hands in dreams

Na literatura. E seu eu pudesse fazer para você
música que lembre ramos ou mímica
Ler isto como se fosse a pressão evolutiva
Versos sinuantes do padrão mosqueado
Obliteram os contornos do soldado
A conduta de uma folha ao vento, uma pena
Desaparece lentamente do meu entorno
Infravermelho é emitido, não refletido. Os corpos
Esvanecem enquanto esfriam. Chamam de crípse

∝

Uma alegoria elaborada toma corpo
Em um invólucro oco enquanto falamos
A questão é como conciliar os ciclos
Um movimento inesperado próximo ao rosto
Do sono com o horário de visitas. Espécies noturnas
Me assusta. Quase acordo antes de reagrupar
Sob o mesmo jugo de um simples verbo implícito
Para fazer um calço voador. Olho vivo
Os símbolos estão colapsando

In the literature. What if I made you
Music that resembles twigs or mimics
Read this as the evolutionary pressure
The meandering lines of the mottled pattern
Obliterate the contours of the soldier
The behavior of a leaf in wind, a feather
To disappear into my surroundings slowly
Infrared is emitted, not reflected. The bodies
Vanish as they cool. They call this crypsis

∝

An elaborate allegorization is taking place
In a hollow enclosure as we speak
The question is how to reconcile sleep
An unexpected movement near the face
Cycles with visiting hours. Nocturnal species
Startles me. I nearly wake before regrouping
Yoked together by a common implied verb
To form a flying wedge. Look out
The symbols are collapsing

Não me sinto por baixo quando me entendem, se
O movimento periódico toma a forma de
O trabalho é feito na superfície para perturbar
Ondas viajantes. As distâncias aumentam
O lago artificial. Metais que se comportam
De valor enquanto o último observador se afasta
Como as águas nos dão coragem de dissolver
E sai do quadro em direção a
O gênero literário, mas não a resistência. Espera

∝

Ainda não terminei. Eu ia dizer
Ao ar livre, um campo verde visto
Através desses óculos. Virgílio escrevia à noite
De cima. Crie sua própria pastoral
Os símbolos em relevo, invólucros ocos
Expandem o impacto a fim de romper
A Dama do Lago. Uma revista para homens
Mais tecidos à medida que transpassam
O gênero literário. Éramos felizes na caverna

I'm not above being understood, provided
The periodic motion takes the form of
Work is done on the surface to disturb
Traveling waves. The distances increase
The manmade lake. Metals that behave
In value as the last observer turns away
Like water give us courage to dissolve
And walks out of the frame into
The genre, but not the strength. Wait

∝

I wasn't finished. I was going to say
Into the open, a green place when seen
Through goggles. Virgil wrote at night
From above. Build your own pastoral
Out of embossed symbols, hollow enclosures
Expand on impact in order to disrupt
The Lady of the Lake. A magazine for men
More tissue as they travel through
The genre. We were happy in the cave

Planejei um trabalho que poderia autodescrever-se
Na existência, depois fora dela de novo
Até a descrição ceder à experiência
Ceder a uma experiência da estrutura
Colapsando sob o próprio peso como
Citável em todos os momentos: despedida
O crepúsculo. Olhe pela janela. Aquelas pequenas
Chuva. Padrão de espera sobre Denver
Colisões clareiam o percurso, do chão à nuvem

∝

Do outro lado do lago. Pensei que talvez
Se não há lobos ao redor do nosso assentamento
A escultura é pública no sentido que
Assim como todo mundo na lojinha
Um ímã de geladeira. Duas sacolas grandes
Eu queria ver o que o soldado comprou
Podíamos inventar algo selvagem
Antes de voltar pra sua missão distópica
De flocos espelhados. Uma revista para homens

I planned a work that could describe itself
Into existence, then back out again
Until description yielded to experience
Yielded an experience of structure
Collapsing under its own weight like
Citable in all its moments: parting
Dusk. Look out the window. Those small
Rain. In a holding pattern over Denver
Collisions clear a path from ground to cloud

∝

Across the lake. I thought that maybe
If there aren't wolves to ring our settlement
It's public sculpture in the sense that
Like everybody else in the gift shop
A refrigerator magnet. Two big bags
I wanted to see what the soldier bought
We could invent some wilderness
Before returning to his dystopic errand
Of mirror flake. A magazine for men

As folhas parecem ter o brilho aumentado
A estrela mais fraca e periférica some
No crepúsculo e bastonetes se voltam para ondas curtas
Se você vira e tenta olhar diretamente
Ela é mapeada na fóvea, repleta de cones
Mais sensíveis às cores do que às linhas. Virei
Rasguei. Agora vejo a elegia por trás de
Nuvens alinhadas com pouca opacidade
Um padrão gravado em chapa verde

$$\alpha$$

Com sentimento, como o olho que tanto se move
Para evitar a luz do objeto caindo
Suavemente numa pequena clareira. Chamam de
Como chuva que nunca chega ao chão
Leitura, como pássaros que afastam predadores
Virga, ou o olhar não conseguir chegar
Fingindo uma lesão, como sinalizadores que
Do outro lado do lago no breu total
Desviam mísseis do seu percurso

The leaves appear to increase in brightness
The dim star in the periphery disappears
At dusk as rods shift toward the shorter waves
If you turn and try to look at it directly
It maps onto the fovea, rich in cones
Which privilege color over line. I turned
I tore it. Now I see the elegy beneath
Long lines of cloud with poor opacity
A pattern stamped into green foil

∝

With feeling, how the eye moves constantly
To keep light from the object falling
Gently on a little clearing. They call this
Like rain that never reaches ground
Reading, like birds that lure predators away
Virga, or the failure of the gaze to reach
By faking injury, like flares that bend
Across the lake in total dark
Missiles from their path

A boa notícia é que se a luz dispersa esta
Toxicidade quer dizer que a tinta deve ser aplicada
O brilho aparente da superfície
Por robôs um átomo de cada vez, má notícia
É a mesma, não importa o ângulo visual
Achei que você devia saber por mim
Simultaneamente, como monges cantam acordes
Um tipo de silêncio, o que pode ser chamado
Dedicação militar de Cézanne

∝

A física me ocorreu durante a queda
Através da chuva que não se movia. Acordei
Antes de chegar ao chão como virga
E descobri que Ari tinha partido. Raízes esmagadas
Só porque não havia chão
Permitem que palavras tremam na respiração
Em si. Não há como ler isto
Uma vez, e isto é amor, ou em voz alta, e isto
Quebra-mares lembram nuvens alinhadas

The good news is light is scattered such
Toxicity means the paint must be applied
The apparent brightness of the surface
By robots one atom at a time, bad news
Is the same regardless of the angle of view
I thought I should be the one to tell you
Simultaneously, how monks sing chords
A kind of silence, what we might call
The military applications of Cézanne

∝

Its physics occurred to me while falling
Through rain that wasn't moving. I woke
Before I reached the ground like virga
To find Ari gone. The flattened stems
Only because there was no ground
Allow the words to tremble in the breath
As such. There is no way to read this
Once, and that's love, or aloud, and that's
Breakwaters echo long lines of cloud

Luciferina oxidada por luciferase: escrita
Noturna. Começam a sincronizar
Verde visão. Essas são as pequenas e flutuantes
Seu piscar de luzes para atrair parceiros
Assinaturas. Agora está tudo voltando para mim
Ou presas. Não, eu projeto a falsa totalidade
Do outro lado do lago na forma de tranquila
Decadência reverberante. Não vejo cor
Sem arrancar suas asas

α

É porque estou à vontade com o sonho dela
Se você acha isso piegas, copie e cole
De um mundo sem homens, mas não como você
É por isso que não posso tocá-la com a mão
E outra coisa: quebra-mares lembram
A falsa totalidade. A meta é falhar
Sincronicamente, até que a descrição gere
Interferência em ondas sobre os rostos
E outra coisa: os mares

Luciferin oxidized by luciferase: night
Writing. They begin to synchronize
Vision green. These are the little floating
Their flashing at the approach of mates
Signatures. Now it is all coming back to me
Or prey. No, I project the false totality
From across the lake in the form of smooth
Reverberant decay. I don't see color
Without tearing off their wings

∝

Is why I'm comfortable with her dream
If you find it maudlin, cut and paste
Of a world without men, but not how you
Is why I cannot touch her with the hand
And another thing: breakwaters echo
A false totality. The goal is to fail
Synchronically, until description yields
Interference rippling across faces
And another thing: the seas

O tom fica grave de repente pois a fonte
Faleceu ontem à noite no Brooklyn
Ele se enforcou do topo na esperança
Deixou o cheque do aluguel, uma carta numa letra
Tão fraca que parecia cair, o entardecer
De nunca chegar ao chão. A sirene
A fonte frisou as qualidades dele enquanto um objeto
Me atravessa, me abrindo
Se afasta. Chove no molhado. Isto não é música

∝

Torrentes de chuva criam um lugar tranquilo na cidade
Onde ele segura o fecho com as próprias mãos
Inacessível. Isto é um padrão de espera
Isto é a suspensão letal de um amigo
De uma viga baixa, por ligadura. Não é coincidência
De sentido, como você pode sentir o trem antes
Você ouve o caça depois que ele passa
De ouvi-lo, indica um quadro móvel
Enterrada é a literatura

The pitch drops suddenly because the source
Passed away last night in Brooklyn
Hanged himself from the apex in the hope
Left a rent check, a letter in a hand
So faint it read like falling, evening
Of never reaching ground. The siren
The source has stressed his quality as object
Walks through me, opening me up
Recedes. A rain check. This isn't music

∝

Sheets of rain create a still space in the city
Where he takes closure into his own hands
We can't enter. This is a holding pattern
This is the lethal suspension of a friend
From a low beam by ligature. Noncoincidence
Of senses, how you feel the train before
You hear the fighter once you've seen it pass
You hear it, indicates a moving frame
Laid to rest is literature

A fóvea se dissipa como neblina. Uma janela
Quebra em ondas sobre mim. Espaço é barro macio
Crianças sugerem com velas de estrelinhas, e vejo
Tristeza suficiente para organizar um quadro
Tão apinhado de figuras que parece
Que dirá a vida. Os mares estão subindo
Em branco. Os mares há tanto tempo submergiram
Aquelas cidades do futuro de onde meus leitores
Foram deslocados. Você é livre para partir

∝

Mas não como você entende isso, não sem
Surgir de superfícies refletoras encarregada
Diferente dos modos usuais. Pequenos contrastes
Da tarefa da redescrição total
Para começar o esquecimento, ondulação suave
Sobre o lago artificial. Planejei um trabalho
Com atrasos adequados, todos os sinais parecem
Emitidos de um alto-falante. Espera, eu não estava
Contínuo nas estações, chuva

The fovea burns off like fog. A window
Breaks over me in waves. Space is soft clay
Children imply with sparklers, and I find
Sufficient sadness there to organize a canvas
Packed so densely with figures it appears
Let alone a life. The seas are rising
Blank. The seas have long since whelmed
Those cities of the future where my readers
Were displaced. You are free to leave

∝

But not how you mean that, not without
Arising from focusing surfaces charged
Changed in the familiar ways. Little contrasts
With the task of total re-description
To begin the forgetting, a gentle rippling
Across the manmade lake. I planned a work
With appropriate delays, all signals seem
To issue from one speaker. Wait, I wasn't
Continuous in stations, rain

Fim. No sonho objetos são dimensionados
Ele pintou aquilo que viu na janela
Não em função da distância, mas da importância
As folhas estão caindo porque os olhos dele
Porque os versos são quebrados pela respiração
São brancos. Perguntas de acessibilidade surgem
É um raio. Partículas mudam de direção
Nos funerais. A água gira para o outro lado
Só quando me pedem para ler em voz alta

α

Em voz tão suave que soa como tosse
Sangue em um lenço na Rússia
Escalão do romance menor. O tempo firma
Formando padrões. Estou no Brooklyn
Sobrevoando Denver, imaginando outubro
A luz brincando no corpo de um amigo
Escrito por Tolstói. Isso faz sentido
Ou devo descrever com as minhas mãos
É difícil não levar a música pro lado pessoal

The end. Objects in the dream are sized
He painted what he saw onto the window
According not to distance, but importance
The leaves are falling because his eyes
Because the lines are broken by the breath
Are blank. Questions of accessibility arise
Is lightning. The particles change direction
At funerals. Water spins the other way
Only when I'm asked to read aloud

∝

In a voice so soft it sounds like coughing
Blood into a handkerchief in Russia
The minor novel scales. The weather holds
Forming patterns. I am in Brooklyn
Over Denver, imagining October
Light playing on the body of a friend
Written by Tolstoy. Does that make sense
Or should I describe it with my hands
It's hard not to take the music personally

Sei que há muitas flores, músicas, estrelas, mas
Mas as pressões sob as quais fracassa
Como fracassa se lido em voz alta, ou cai
O que podemos chamar de suas escalas
Junto como aplausos, uma falsa totalidade
Físicas. As palavras estão lá só pra confundir
Os censores, como olhos de mentira nas asas
Exceto *Ari*. Não se perde energia se colidirem
Os censores dentro de mim, e isto é amor

$$\propto$$

E isto é elegia. Sei que sou um efeito
Este é o concreto onde meu amigo foi enterrado
Sentido das coisas que levo pro pessoal
Ondulação suave sobre o corpo social
Sei que não posso tocá-la com a mão
Que tocou em dinheiro, quer dizer sem
Várias formas de fecho alternativas
Ironia, agora aquecida e capaz de
Decair nas cordas enquanto descemos

I know it's full of flowers, music, stars, but
But the pressures under which it fails
How it falls apart if read aloud, or falls
What we might call its physics
Together like applause, a false totality
Scales. The words are just there to confuse
The censors, like mock eyes on the wing
Except for *Ari*. No energy is lost if they collide
The censors inside me, and that's love

∝

And that's elegy. I know I am a felt
This is the form where my friend is buried
Effect of the things that I take personally
A gentle rippling across the social body
I know that I can't touch her with the hand
That has touched money, I mean without
Several competing forms of closure
Irony, now warm and capable of
Decay on strings as we descend

Elegias Doppler

α

Quero dar a você, contudo
        breve, uma noção de
fase, um avanço importante em
eu estava dormindo. Quero entender
quero voltar à nossa antiga
mantenho um caderno com essa
        intenção por
suas luzes com sensores, eu não queria
        acordar você, eu

vendo janelas na
        vida civil, eu posso dormir
qualquer coisa, o modo como essa gente
aqui, no terminal
Mesmo quando criança, eu podia vender
olha pra mim, como se dissesse, o que ele está
        dormindo, o que Ben está
dormindo agora. É uma palavra tão boa
        quanto qualquer outra

guerra entre as forças de
        Escrevi isto
rápido, ao longo de anos
Você pode ter me visto escrevendo
Em fotografias, nunca sei
o que querem que eu faça
        com as mãos, eu só
Sorrio, mas não quer dizer
        Amarelo

∝

I want to give you, however
             brief, a sense of
period, a major advancement in
I slept through. I want to understand
I want to return to our earlier
I keep a notebook for
             that purpose by
their motion lights, I didn't want
             to wake you, I

sell windows in
             civilian life, I can sleep
anything, the way some people
here, in the terminal
Even as a child, I could sell
look at me, as if to say, what is he
             sleeping, what is Ben
sleeping now. It is as good a word
             as any

war between the forces of
             I wrote this
quickly, over many years
You may have seen me writing it
In photographs, I never know
what they want me to do
             with my hands, I just
smile, but it doesn't mean
             Orange

α

macacões, eles mudaram
        a pintura, eu
atrás do arame de concertina
não consigo mais olhar, aquele muro
com sombras projetadas
Desculpe ser vago
            numa hora dessas. Você estava
Quando liguei, ouvi
        minha voz

perto de acordar
        no fundo
Linhas estranhas, reversíveis, pensei
que ele estava morto. Ele está
melhor, afastando a taça para
longe. Quantas canções
          pode armazenar, essa coisa que
já vi em vitrines, será que mudou
        o canto, ou

figuras encapuzadas que
        eu desconhecia
que tinha câmera, alguns recursos são
Os links em azul, obscuros
por trás do rosto, o verde
Ainda não existe uma palavra para
          Afogamento simulado
fluxos inseridos
        um mundo perfeito

∝

jumpsuits, they have changed
            painting, I
behind the concertina wire
can't look at it anymore, that wall
across which shadows play
Sorry to be vague
            at such an hour. Were you
When I called, I heard
    my voice

anywhere near waking
        in the background
Strange, reversible lines, I thought
he was dead. He is
better of it, pushing the glass
away. How many songs
        can it hold, that thing
I've seen in windows, has it changed
        singing, or

hooded figures
        I didn't know
it had a camera, some features are
The blue of links, obscure
beneath the face, the green
We still don't have a word for
        Simulated drowning in
embedded streams
        a perfect world

α

    esquentando, podemos inserir
            nosso endereço, eles giram
lentamente lá no alto, os satélites
insinuo que eles passam enquanto
você lê, você acha que
eu queria que terminasse
            em percursos complicados
como asteroides, árvores floridas
        ou aldeias

em chamas, por favor ache
        o seu assento, finja
estar dormindo, depois estou, cabeça contra
a sombra, ou escrever com
a letra diminuta, máscaras amarelas, mas
Crianças pequenas viajam sozinhas
        há uma tela
ou soldados, tantos pontos por polegada
        O uniforme

se torna você
        Vistos do espaço
Ainda não aconteceu, os estados
Estou citando da noite
são vermelhos. Se dão às tempestades
nomes próprios, por que não posso
        Descrever a estrutura do
sentir qualquer coisa, quer dizer, sem
        visual

α

warming, we can enter
 our address, they rotate
slowly overhead, the satellites
I imply their passing when
you're reading, do you think
I wanted it to end
 in complicated paths
like minor planets, flowering trees
 or villages

aflame, please find
 your seat, pretend
to be asleep, then am, head against
the shade, or writing in
a minute hand, yellow masks, unless
Small children traveling alone
 there is a screen
or soldiers, so many dots per inch
 The uniform

becomes you
 Seen from space
It hasn't happened yet, the states
I'm quoting from at night
are red. If they assign storms
proper names, why can't I
 Describe the structure of
feel anything, I mean without
 visuals

α

    com estrutura para balançar, diz o ditado
            Aquelas estrelas estão onde
fiz alguns cortes
A última vez que o vi foi
mais ou menos ao acaso, longos
trechos de nivelamento
              subentendido, não consigo ler minhas
próprias marcações mínimas
           Murmúrios de tempos

como tráfego distante
        lá no alto, zonas
verdes. No dia da eleição, não esqueça
de pensar nele aqui
Entre os comerciais, há pequenas
falhas técnicas, então sabemos que é ao vivo
           pelas beiras, eu
organizei, distribuí folhetos como
           Este aqui

vai para todos
           Meu povo era como
mundos possíveis, sinais
animadores, multidões estimadas ao longo
da costa evanescente, esta noite
é um oferecimento pra você
           foi um oferecimento pra mim
Sem terminar, canções populares
         que eu compilei

∝

built to sway, the saying goes
             Those stars are where
I made some cuts
The last time I saw him was
more or less at random, long
stretches of implied
             flatness, I can't read my own
innumerable tiny marks
             A rustling of tenses

like distant traffic
             overhead, green
zones. On Election Day, make sure
you think of him here
Between commercials, little
glitches occur, so we know it's live
             around the edges, I
organized, distributed fliers like
             This one

goes out to all
             My people were
possible worlds, encouraging
signs, estimated crowds along
the vanishing coast, tonight
is brought to you
             was brought to me
Unfinished, popular songs
             I gathered

α

rápido, ao longo de anos
        Forças são retiradas
empacotadas e revendidas, as palavras
me distanciei delas
de formas convencionais, mas agora
Quem sou eu para dizer
        no ponto médio da dissolução
desculpe, eu não estava ouvindo
        em prosa

o clima deu uma trégua
        Quando eles ligaram
Contra o vidro, ele se escreve
Avisos luminosos
facilitam os pedidos, do modo
Como deve ser uma imagem de
        voando pro leste, perdemos um dia
Versos brancos voltaram
        em suas últimas obras

Para olhos destreinados
        parece comigo
Dispersados pelos regimes, os custos
especificados em termos humanos
Sua máquina detectou
os pequenos atrasos, minha intenção era
        Música
eventual de um carro que passa
        para Ari

α

quickly, over many years
           Forces are withdrawn
bundled and resold, the words
I distanced myself from
conventional forms, but now
Who am I to say
           at the midpoint of dissolve
I'm sorry, I wasn't listening
           in prose

the weather broke
           When they called
Against the glass, it writes itself
Illuminated prompts
make ordering easy, the way
It's supposed to be a picture of
           flying east, we lost a day
Blank verse returned
           in his later work

To untrained eyes
           it looks like me
Dispersed across regimes, the costs
expressed in human terms
Your machine picked up
the little delays, my intention was
           Occasional
music from a passing car
           for Ari

α

Eu começaria de novo, dessa vez com
          boas práticas
Dentro do ouvido, miúdos botões brancos
Em conflito com as ideias
de escala, a última luz refletida pela
asa vista do chão
          Uma passagem delicada
num filme assim-assim, do escuro aos escuros
          A real

questão aqui, no terminal
          passei a entender
Abril pode se transformar
em algo. Parece óbvio agora
Quando toda superfície é
um balcão, é difícil comer
          Entre meus amigos
aquelas pinturas também servem como
          fim

da pintura, então isto pode ser
          conceitual
Por um breve tempo, pensei que fosse
o título provisório, uma referência a
como as ondas voltam
No conjunto de oito poemas
          até que você solte as teclas
o dano é mantido
          Aplausos

α

I'd begin again, this time with
           best practices
Inside the ear, small white buds
At odds with all ideas
of scale, last light glinting off
the wing seen from the ground
           A delicate passage
in a so-so film, from dark to darks
           The real

issue here, in the terminal
           I've come to understand
April can be made into
a thing. I guess that's obvious now
When every surface is
a counter, it's hard to eat
           Among my friends
those paintings double as
           the end

of painting, so this might be
           conceptual
For a while, I thought it was
tentatively titled, a reference to
how waves return
In a cluster of eight poems
           until you let go of the keys
damage is sustained
           Applause

α

a cada menção do nome dele
        No longo sonho
Deixei de lado, desse modo
Podemos ficar sós no teatro
de sombras projetadas
A voz, pelo fato de ser gravada
        me lembra
o remorso lento que provei
        Ontem

agiram de forma estranha
        Agora praticamente se foram
ou símbolos, o que é pior
Depois que a última colmeia colapsou
flores serão poemas
Inteiramente compostos de fotos
        não estrela
ninguém que você conheça, acredite
        Quando digo

amor, quero dizer
        e isso é raro
demais, vigas aparentes
Nossas conquistas permanentes
Que desconhecemos, forças
obscuras atuam
        como um rádio que ficou ligado
Nos arredores de
        cidades idênticas

α

at each mention of his name
          In the long dream
I left it out, that way
We can have the theater to ourselves
across which shadows play
The voice, because it is recorded
          reminds me of
a slow remorse I sampled from
          Yesterday

they were acting strange
          Now they are almost gone
or symbols, which is worse
After the last hive has collapsed
flowers will be poems
Composed entirely of stills
          it doesn't star
anyone you'd know, believe me
          When I say

love, I mean
          and that's rare
enough, low beams exposed
Our permanent achievement
Unbeknownst to us, obscure
forces are at work
          like a radio left on
On the outskirts of
          identical cities

α

a nova construção de vidro
        é elegia, sem
entrada nem juros pelo
Crepúsculo da mídia
Estamos super em dívida com
cenários interiores, agora destruídos
        É o que diz aqui
No computador, você pode ver
        Os mares

estão subindo, mas
        Mas nada
perto de acordar
Entre o solo e o assoalho, fizemos
breves observações descontínuas
criadas para desabar
        Ao ler em voz alta
me lembro de quando assistíamos a
        filmes mudos

acompanhados da
        Respiração dela era
um murmúrio de tempos, movimentos
Subterrâneos se tornaram
citáveis em todos os momentos
Com a mão não dominante
        quero dar
em tom menor
        o sentido mais amplo

α

the new construction going up
           is elegy, no
money down or interest through
The twilight of the medium
We're heavily indebted to
interior scenes, now destroyed
           It says so here
On the computer, you can watch
           The seas

are rising, but
           But nothing
anywhere near waking
In the crawl space, we prepared
brief, discontinuous remarks
designed to fall apart
           When read aloud
it reminds me of that time we saw
           silent films

accompanied by
           Her breathing was
a rustling of tenses, underground
Movements have become
citable in all their moments
With my nondominant hand
           I want to give
in a minor key
           the broadest sense

Posfácio

por Maria Cecilia Brandi

Mais conhecido por sua prosa publicada em vários países e idiomas, Ben Lerner é também – e primeiramente – um grande poeta. E são poetas os protagonistas de seus romances *Leaving the Atocha Station* (no Brasil, *Estação de Atocha*), *10:04* e *The Topeka School* (neste, um futuro poeta). *Mean Free Path* é seu terceiro e mais recente livro de poesia, publicado em 2010. Várias questões, como a insularidade dos estadunidenses, o lugar movediço da poesia, as citações artísticas e a tensão entre o mundo físico e metafísico; bem como o tom, ao mesmo tempo bem humorado e crítico, atravessam tanto sua obra poética quanto a ficcional e ensaística.

Em *Percurso livre médio* (título na minha tradução), a operação que Lerner faz com as palavras é particularmente inventiva e sofisticada, entrecruzando fenômenos científicos e linguísticos. O título do livro é um termo da física e designa a distância que uma partícula percorre até colidir com outras, quebrando-se continuamente e criando passagens. Em consonância com o título, os versos do livro muitas vezes também sofrem colisões: há choques de sentido de um para o outro, cortes, versos inacabados e retomados depois, fora de ordem ou até com mais de uma ordem possível. Há ainda, ao longo do livro, palavras que se repetem com sentidos variados, mais de um eu lírico e colagens de outras vozes (fragmentos de livros e canções, a reprodução da fala de um comissário de bordo etc.). Tudo isso suscitou muitos desafios tradutórios, em breve trarei alguns exemplos. Ben Lerner parece experimentar, na linguagem, imprimir um novo vigor à forma como nossos sentimentos e pensamentos se manifestam na contemporaneidade (quando somos bombardeados por tantas mensagens, imagens, desinformações): uma forma que é descontínua e assume o fragmentário como premissa para a dinâmica da vida. Tudo parece ser de algum modo intercambiável, exceto Ari, presente ao longo do livro, a ela dedicado. *Mean Free Path* é "em parte um poema de amor, ou um poema sobre a possibilidade de escrever um poema de amor contemporâneo" *, disse Lerner. Seria esse amor, como já disse Beckett, "um curto-circuito (...) ou, dito de outra forma, a mancha única, brilhante, organizada e compacta em meio ao tumulto da estimulação heterogênea" **? Este é também um tema que os versos de Lerner trazem à tona.

O livro começa com a "Dedicatória", que é um poema, e depois tem as seções alternadas "Percurso livre médio" e "Elegias Doppler". São duas de cada, com estruturas formais definidas, mas sem seguir um modelo métrico convencional. Os versos transitam com confusa naturalidade dos assuntos amenos (como a música) aos mais críticos (o estímulo exacerbado ao consumo, o valor da arte) e graves (a guerra do Iraque, a morte de amigos, o fascismo). Os temas, bem como os versos, aparecem e depois reaparecem, o que também caracteriza as conversas pessoais, com seus repertórios de preferência. Como diz um verso de John Ashbery, poeta muito admirado por Lerner, "one keeps coming back to that".

Mais do que o caráter fragmentário, a meu ver a originalidade da linguagem de *Percurso livre médio* se deve às características arbitrárias que Lerner inventa para seus poemas, como se fossem uma forma fixa, de modo que a certa altura é possível que o leitor se pegue rastreando desordens, ambiguidades, rupturas etc. A partir de uma linguagem corrom-

---

* Trecho por mim traduzido, tirado do texto de Lerner publicado no livro *A Broken Thing: Poets on the Line*, org. Emily Rosko e Anton Vander Zee, publicado pela University of Yowa Press (2011).
** Em *Murphy*, na tradução de Fábio de Souza Andrade.

pida, ele constrói uma poética "com estrutura para balançar", dando forma e expressão à instabilidade e aos paradoxos da vida contemporânea.

A partir de breves exemplos, vou discorrer um pouco sobre questões que proliferaram na tradução. Começo pela expressão acima, que em inglês é "Built to sway" e aparece três vezes no livro. Por que não optei por uma tradução mais curta do que "Com estrutura para balançar"? Na página 19 do livro, dois trechos seguidos são *Wave to the cameras from the towers / Built to sway*. Se "Built to sway" se referisse apenas às "torres", a tradução poderia ser "Feitas para balançar". Mas outras ligações são possíveis e potencializam as leituras do poema: *We made love to in the crawl space / Built to sway, Reference is a woman / Built to sway*. As pessoas balançam, as relações balançam, e talvez precisem, como as torres (penso em arranha-céus cuja tecnologia impede desmoronamento até em caso de terremoto), de estruturas sofisticadas para que não desabem. Essa pluralidade de combinações não existiria em português se eu dissesse "Feitas para balançar". "Feitas" serviria apenas às "torres". Busquei uma tradução que pudesse recriar esse efeito, ou seja, repetir-se nas diferentes ocorrências da expressão (sem flexionar o verbo), atendendo a combinações sequenciais e desordenadas nas páginas 18, 20 e 114. As torres, o amor, o assoalho, uma mulher, o poema, enunciados, um livrinho, um ditado... tudo isso pode ser "com estrutura para balançar".

Outra questão foi o uso da palavra "wave", que ora é uma "onda", ora é um "aceno". Como esta palavra aparece muitas vezes, neste caso mesmo variando a tradução a recorrência de ambos os termos subsistiu. A palavra "gender", ao contrário, em inglês é semanticamente mais específica: refere-se necessariamente ao gênero sexual. Já em português, "gênero" pode ser sexual ("gender", em inglês); pode ser artístico ("genre"), por exemplo, literário, musical ou pintura de gênero; e pode ser biológico ("genus"). Optei na maioria das vezes por dizer somente "gênero", tornando a tradução – como são tantos termos do texto original – polissêmica. Só traduzo "genre" para "gênero literário" em uma ocasião (página 88) em que me pareceu relevante marcar a questão metapoética apresentada.

Algumas vezes o surgimento de marcas de formalidade, no meio de versos coloquiais, me levaram a suspeitar de que Lerner estaria "colando" o trecho de outro autor, suspeita que se confirmou, por exemplo, ao ler *If you would speak of love / Be unashamed*, versos de William Butler Yeats, que Lerner usa e desmembra em dois versos. Optei por também destoá-los dos demais em português, subindo o registro: *Se queres falar de amor / Não tenhas vergonha*.

Houve muitas ocasiões em que o verso em inglês tinha um sentido quando lido isoladamente e outro bem diferente quando ligado a outro(s). Buscar recriar com poeticidade essas viradas sintáticas, essas colisões, aspecto fundamental da obra (que diz respeito à linguagem e às suas implicações), foi a meu ver anos-luz mais importante do que ater-me à tradução dicionarizada de um termo.

Mas fui motivada a negociar e balancear continuamente as escolhas tradutórias, buscando priorizar alguns aspectos centrais na poética de *Mean Free Path*, tais como as ambiguidades dos versos, por vezes desordenados (valorando o efeito delas, mais do que o chamado sentido literal); o uso recorrente de certas palavras e fragmentos (central também na poética de outros poetas, como Eliot); e o uso de termos científicos (buscando os termos correspondentes em português e também recriando sentidos metafóricos a eles atribuídos). Outros aspectos inerentes aos poemas, tais como a musicalidade (ligada à regularidade métrica), a mancha gráfica e o tom coloquial também foram considerados e escalonados.

Há um trecho em que Lerner diz: *Ari removes the bobby pins / I remove the punctuation*, que acho muito bonito, pois os grampos de cabelo (pretos, de metal) de fato parecem, fisicamente, pontos de exclamação ou travessões com pontos finais nas pontas, que são bolinhas (de resina). Ambos – "bobby pins" e "punctuation" –, de algum modo, servem para interromper e controlar o desenrolar, seja ele dos cabelos ou do texto. Tirando-os, Ari e o eu lírico buscam uma soltura, um espaço para o embaraço dos fios, dos versos. E assim o livro se (des)enrola.

Outra questão desafiadora da tradução foi atentar para o efeito de versos perfeitamente intercalados, como na segunda estrofe da página 92, em que os ímpares se conectam e os pares idem. Pensei numa conversa, especialmente nas mensagens trocadas por Whatsapp, em que as falas se entrecruzam produzindo um terceiro discurso. Acontece que, por vezes, essa conexão também se dá na sequência dos versos e quis que em português isso também fosse factível. Por exemplo, se ligam os versos 6 e 8 da estrofe: *Virga, or the failure of the gaze to reach / Across the lake in total dark*, bem como o 7 e o 9. Mas também se ligam na ordem os versos 6, 7, 8 e 9: *Virga, or the failure of the gaze to reach / By faking injury, like flares that bend / Across the lake in total dar / Missiles from their path*. Inicialmente eu havia traduzido *to reach* para "alcançar", pensado em "alcançar / O outro lado do lago". Troquei para "chegar", que me permite usar depois o artigo "do": (...) *chegar / Do outro lado do lago no breu total*. Esse foi um dos ajustes que possibilitou também a leitura ordenada dos quatro últimos versos: *Virga, ou o olhar não conseguir chegar / Fingindo uma lesão, como sinalizadores que / Do outro lado do lago no breu total / Desviam mísseis do seu percurso*. Na mesma estrofe, há o verso *Like rain that never reaches ground*, que tem um ritmo bonito, característica que muitas vezes provém de uma métrica marcada. Neste caso, o verso é um tetrâmetro jâmbico, ou seja, é composto por quatro pares de pés (sílabas poéticas) átonos/tônicos. Podemos percebê-los lendo o verso em voz alta. Em português também marquei a métrica: *Como chuva que nunca chega ao chão* é um martelo agalopado, um verso decassílabo acentuado em 3, 6, 8 e 10. Além disso, há uma aliteração (chuva-chega-chão), que recria o barulho da chuva. Trago aqui esses exemplos pois talvez eles possam elucidar um pouco os tipos de operação que estão em jogo neste livro e, portanto, na sua tradução.

Quando li essa estrofe pela primeira vez, pensei na foto da capa estadunidense de *Mean Free Path*, que inspirou a ilustração desta capa brasileira. Vi o céu num degradê de azuis e algo que parece ser uma chuva fina e precisa, fotografada com bastante tempo de exposição. Ela parte das nuvens, talvez seja *a chuva que nunca chega ao chão*. Busco a referência da foto que diz: "U.S. Peacekeeper III reentry vehicles". Ou seja, não é chuva, são veículos de reentrada múltipla que carregam ogivas radioativas. A foto foi feita quando o míssil estava sendo testado nas Ilhas Marshall, na Oceania.

A escolha dessa imagem torna ainda mais impactante o peso da guerra na vida, na sociedade estadunidense, em *Mean Free Path*. Pensando nos versos do parágrafo anterior (ou também vivendo no Brasil atual) sinto o quão próximos podem ser seres humanos, animais, armamentos. Sinto ao mesmo tempo a *esperança salpicada* (como diz outro verso do livro, *flecks of hope*): há sinalizadores que podem desviar mísseis, há pássaros que podem desviar predadores, nossos olhos podem ler e ver pequenas clareiras.

A militarização do mundo e as questões políticas destacadas na obra são caras a Lerner, jovem que cresceu numa família judaica esquerdista, no Kansas (EUA). Essa infância aparece sobretudo no seu terceiro romance, *Topeka School*. Ele estudou teoria política e fez mestrado em poesia na Brown University. Foi o mais jovem finalista do National Book Award, aos 36 anos, com *Angle of Yaw*, e o primeiro estadunidense a ganhar o Preis der Stadt Müenster für Internationale Poesie, na Alemanha.

A presença da música também é forte no livro. As interferências sonoras estão em vozes entrecruzadas, na força do canto de Nina Simone ou de Marvin Gaye, em *um rádio que ficou ligado*. Estão também em ruídos e barulhos, inclusive desagradáveis: *falhas técnicas* no sinal da TV, *a música atonal, chamadas telefônicas, um avião caindo, fogos de artifício*. Uma sequência de versos estronda elegantemente que *não / sabemos distinguir cartuchos de munição de / aplausos*. Abre nossos ouvidos.

A estrela morre e sua luz sobrevive. A estrela: no sentido astronômico ou figurado. Corpos celestes e artísticos. A poesia, que apesar dos pesares, sobrevive. Apesar das limitações de tudo que é real (inclusive da linguagem), do suicídio de um amigo, da guerra assombrando a vida (*o piloto de caça vê na nuvem sua sombra*), do passado não ter servido de aprendizado para orientar um futuro menos violento (*avançará recursivamente ou de modo algum*). Sobrevive a poesia, que *não é um sistema / é um gesto cujo poder deriva do seu / fracasso* e que, também como o ato tradutório, dança com suas próprias limitações.

Títulos das Edições Jabuticaba

Discoteca Selvagem
Cecilia Pavón
trad. Mariana Ruggieri e Clarisse Lyra

Estrelas brilham, mastigam lixo
Reuben
posfácio Júlia de Carvalho Hansen

Sereia no copo d'água
Nina Rizzi
posfácio Estela Rosa

Por qual árvore espero
Eileen Myles
trad. Mariana Ruggieri, Camila Assad e Cesare Rodrigues

Variações sobre tonéis de chuva
Jan Wagner
trad. Douglas Pompeu

A invenção dos subúrbios
Daniel Francoy
posfácio Guilherme Gontijo Flores

Que tempos são estes
Adrienne Rich
trad. Marcelo F. Lotufo

Por trás e pela frente primeiro
Kurt Schwitters
trad. Douglas Pompeu

As Helenas de Troia, NY
Bernadette Mayer
trad. Mariana Ruggieri

O método Albertine
Anne Carson
trad. Vilma Arêas e Francisco Guimarães

O hábito da perfeição
Gerard Manley Hopkins
trad. Luís Bueno

Os elétrons (não) são todos iguais
Rosmarie Waldrop
trad. Marcelo F. Lotufo

Cálamo
Walt Whitman
trad. Eric Mitchell Sabinson

Nocaute / 6 poetas / Cuba / hoje
org. José Ramón Sánchez
trad. Rodrigo A. do Nascimento e Mariana Ruggieri

Ova Completa
Susana Thénon
trad. Angélica Freitas

Sotto Vocce e outros poemas
John Yau
trad. Marcelo Lotufo

Diário de Classe
Antonio Arnoni Prado
apresentação Vilma Arêas

Percurso livre médio
Ben Lerner
trad. Maria Cecilia Brandi

O velho que não sente frio
Daniel Francoy

Vontade de ferro
Nikolai Leskov
trad. Francisco de Araújo

Próximos lançamentos

No ano de 2040: poemas
Valéri Pereléchin
org. Bruno Gomide e Rodrigo A. do Nascimento
trad: Letícia Mei

Cidadã
Claudia Rankine
trad. Stephanie Borges

X, Y, Z
Carolina Tobar
trad. Marcelo Lotufo

Pastores e mestres
Ivy Compton-Burnett
trad. Vilma Arêas e Francisco Guimarães

Meus poemas não mudarão o mundo
Patrizia Cavalli
trad. Cláudia T. Alves

Filhos de Adão
Walt Whitman
trad. Eric Mitchell Sabinson

Maria Cecilia Brandi nasceu no Rio de Janeiro, em 1976. É poeta e tradutora, brasileira e espanhola. É autora de *Atacama* (2012, 7 Letras) e *A esponja dos ossos* (2018, 7 Letras). Doutoranda em Literatura, Cultura e Contemporaneidade na PUC-Rio, fez mestrado em Estudos da Linguagem na mesma instituição, orientada por Paulo Henriques Britto, e sua dissertação foi uma tradução comentada deste livro de Ben Lerner, *Percurso livre médio*.

Este livro foi impresso na gráfica Forma Certa, em papel pólen soft 80 g/m² (miolo) e cartão 250g/m² (capa) e composto em Garamond